KB124253

문학과지성 시인선 363

비파 소년이
사라진 거리

이철성 시집

문학과지성사

문학과지성사에서 펴낸 이철성의 시집

식탁 위의 얼굴들(1998)

문학과지성 시인선 363
비파 소년이 사라진 거리

펴 낸 날   2009년 7월 10일

지 은 이   이철성
펴 낸 이   홍정선 김수영
펴 낸 곳   ㈜문학과지성사

등록번호   제10-918호(1993. 12. 16)
주   소   121-840 서울 마포구 서교동 395-2
전   화   02)338-7224
팩   스   02)323-4180(편집)   02)338-7221(영업)
전자우편   moonji@moonji.com
홈페이지   www.moonji.com

ISBN 978-89-320-1979-6

문학과지성 시인선 363

비파 소년이 사라진 거리

이철성

2009

시인의 말

시가 오랜 여행을 마치고 시(의) 집으로 들어간다는 것
은 축하할 일이다. 시인 또한 오랜 여행의 피곤을 풀 집
이 필요하겠지. 배낭을 거꾸로 털면 글자 부스러기들이
떨어질 것만 같다. 바람 속에도, 비를 피해 들어선 처마
밑에도 시가 있었다. 다만 흐르는 시간처럼 그들도 잠시
머물다 그들의 길을 갔을 뿐.

집을 갖지 못한 모든 떠돌이 시들에 평안 있으라. 들판에
서 잠든, 거리의 추위 속에 잠든, 모든 존재들에게……

2009년 7월
이철성

비파 소년이 사라진 거리

차례

시인의 말

제1부

제1부

붉은 꽃

곧게 서서
오른 손바닥을 보여주고 있는
흰 대리석 부처
그 발치에 놓인 붉은 꽃
누구의 붉은 마음이 저 발치에서 우는데,
누구의 애절함이 저 발을 붙들고 흐느끼는데,
붉은 꽃 너무 예뻐 손에 드니
두 손에 붉은 물 든다.

— 인도, 사르나트

검은 새

화장(火葬)의 시커먼 연기를 내뿜는
사원의 첨탑
그 위를 느릿느릿 나는 저 새는
아침이 정오가 되어도 날아가지 않고
하루의 태양이 서산에 걸려도 날아가지 않다가
큰 빗장문을 열고 사원을 나오는
한 여인의 뒤를 따라간다.
검은 새
검은 여인을 따라간다.
밤이 내리는 사원의 뜰을 지나
곧게 뻗은 숲 속의 길을 따라
너른 들판과 얕은 언덕들을 넘어
어둑한 불빛이 새어 나오는 마을을 지나
강변에 선 여인

검은 새

검은 여인 속으로 들어가다

검은 여인

운다.

—인도, 바라나시

비, 내린다

비 내린다.
비 내린다.
먼 하늘 구름 위서 광란하던 비
보도블록 위에 내린다.

붉은 지붕이 젖는다.
흰 빨래가 젖는다.
광장이 젖고
쓰러진 자전거가 젖는다.

말이 젖는다.
그녀가 떨어뜨린 몇 마디의 말
말끝의 침묵이 젖고
돌아서는 그녀의 뒷모습이 젖는다.

비 내린다.
비 내린다.
먼 하늘 구름 위서 광란하던 비

붉은 지붕 위에 내리고
흰 빨래 위에 내리고
쓰러진 자전거를 일으켜 세우는
그의 어깨 위에 내리고
꽉 움켜진 손아귀의 힘없는 떨림 위에 내린다.

─독일, 에르푸르트

비가 왔다

비가 왔다.

창문으로 빗방울들이 들이쳤다.

잠은 일어나 창문을 닫았다.

깊은 잠은 강 위에 떠 있었다.

느린 목선(木船)을 젓는 검은 사내들.

강 위로 떠내려왔다. 죽은 소.

죽은 소. 운다.

퉁퉁 물먹어 터질 것 같은 몸

잠 위로 바람 불고 비 들이친다.

집이 강물에 떠내려가나 보다.

—— 인도, 바라나시

一片의 夢

새벽에 잠이 깨
바다엘 나갔다.
두꺼운 어둠 속을 따라온 개
한쪽 다릴 저는,
내가 앉은 야자나무 밑으로 기어들어온,
몹쓸 병으로 온몸에 진물을 흘리고 있는
그.
나와 눈이 마주치자
붉은 머리털, 눈,
눈 깊이 번쩍이던
욕정의 어둠!
목마른 아침의 태양이 바다 위로 혀를 내밀 때
미친 듯 내 머릴 건너뛰어
침대 속으로 사라져버린
붉은 머리털
그
꿈 한 조각.

                              —— 이집트, 시나이

베이징, 거지

내 속에 있는 너.
너의 지친 몸이 벽에 기대어 있다.
오늘은 무엇을 얻었느냐.
더러운 자루 세 개와 한 끼의 식사
그리고 잃은 것은?

너는 잃는 법이 없다.
수중에 들어오는 모든 것들을
움켜쥐고 놓지 않는 오래된 습성.
너는 비로소 너만의 궁궐을 만들었다.

내 속에 있는 너.
너는 어느새 손아귀에 힘을 주어
나를 거머쥐었구나.
무서운 너.

— 중국, 베이징

소들의 땅에 들어서다

거대한 몸집의 소가 골목을 막고 누워 있을 때
어찌해야 하나.
돌아가야 하나? 소와 벽 사이의 좁은 틈으로
빠져나가야 하나?
결정을 못 내리고 머뭇거리고 있을 때
소는 혀를 내밀어 두 콧구멍을 쑤셔 핥고
파리들을 때려 쫓고
눈곱 가득한 눈을 껌뻑이며 침을 질질 흘리고
그래서 뒤돌아 가기로 결정을 봤는데
어슬렁거리며 다가오는 다른 편 소
쇠똥에 미끄러지며 얼핏 본 하늘엔
느릿느릿 날갯짓하는 몸집 큰 암소들.

— 인도, 바라나시

인력거는 달린다

인력거는 달린다.

땀과 매연이 범벅된 거리를

사람들과 동물들이 범벅된 거리를

쓰레기 더미를 뒤지는 돼지를 지나

길 가운데 엎드린 소들을 피해

큰 눈이 빠질 듯 쳐다보는 아이들과

바보같이 웃는 소년들과

음흉히 흘끗대는 남자들과

사리* 속에서 숨어 보는 여인들을 지나

인력거는 달린다.

80루피**의 돈을 20루피로 깎았어도

인력거는 한낮의 대로를 달린다.

언덕을 오르고 또 언덕을 오르고

끝없을 것 같은 땀의 냄새

힘겹게 힘줄을 당기는

헉헉대는 삶의 냄새

마침내 인력거는 멈추고 20루피에 20루피를

더 보태 값을 후하게 주고도 지워지지 않는

땀의 냄새, 진창의 냄새
언덕을 달려 내려가는 인력거꾼의
착한 뒷모습.

　　　　　　　　　　　　　—인도, 델리

* 긴 천으로 되어 얼굴과 몸을 가리도록 한 인도의 여인 의상.
** 인도 화폐 단위.

흰 소와 마주치다

자전거를 타고 북적대는 대로의 한 모퉁이를 돌다가, 크고 흰 한 마리의 소와 마주쳤다. 난 순간 균형을 잃고 엉거주춤하게 쓰러지고 말았다. 소는 막 내 옆을 지나치며 그 큰 눈망울을 돌려 날 지긋이 내려다보는 것이었다. 그 모습이 하도 크고 위엄이 있어, 하마터면 무릎을 꿇고는 그 앞에 머릴 조아릴 뻔했다. 소는 마치 무슨 중대한 예언을 말하는 자처럼 엄격함으로 천천히 고갤 돌려 거리를 바라보는 것이었다. 거리는 장사치들과 그들의 물건과 그곳에 몰려든 뜨내기들로 북적대고 있었다. 그들이 내지르는 고함과 욕설과 웃음과 능청이 거리에 흥건히 고여 있었다. 나는 소의 등에 믿기지 않게 튀어 오른 큰 혹이 움직이는 걸 보았다. 소는 그 몸체만 한 큰 두 뿔을 들어 무언가 말할 자세였다. 그의 온몸에서 돌출한 뼈들은 그가 무언가 절실함의 절정에 이르고 말았다는 걸 증명이나 하듯 심하게 꿈틀댔다.

그러나 그 순간 날카로운 채찍이 그의 등짝을 갈랐고, 소는 헉, 하며 고갤 푹 꺾는 것이었다. 한참 후

그는 길게 늘어진 혀를 힘겹게 추스르더니 다시 걸음을 옮기기 시작했다. 그가 끄는 마차엔 수많은 곡물 더미와 농기구와 가구 들, 그리고 가난한 한 가족이 타고 있었다. 갓난아기는 더위에 지쳐 울고 있었고, 눈먼 노인은 마차가 길을 돌아 사라질 때까지 나를 오랫동안, 오랫동안 쳐다보는 것이다.

— 인도, 아그라

물속의 돌

호수 물을 가만히 들여다보니
물속의 얼굴은 나의 얼굴
오랜 여행에 검게 그을린 나의 얼굴
피곤과 외로움 속에서
더욱 분명해진 나의 얼굴
그러나 사방에서 나타난 물고기들
얼굴을 쪼고 사방으로 흩어지고
호수를 치는 한 줄기 바람에
얼굴은 기우뚱 났었다가
내가 아니었다가
물 밑에 일렁이는 낯선 여자였다가
바람에 꺾여 떨어지는 한 나뭇잎이었다가
쫑긋 그걸 쪼아대는 한 마리 물고기였다가
이내 얼굴은 온데간데없고
일렁이는
일렁이는
깊은 물속의 돌

— 중국, 주자이거우

천둥

어젯밤에는 천둥이 쳐 자지 못했지만
오늘은 햇살이 손등 위에 있다.
집 밖으로 나가 거닐며 옷을 말리고
나뭇잎들이 말하는 먼 소리들을 들어야겠다.

─ 중국, 칭하이 호수

멋진 위구르 요리사

요리사는 멋지다.

불을 다스리니까.

식물과 동물

생명들을 다스리니까.

나의 위장과 너의 위장

우리들의 혀를 다스리니까.

큰 불을 피우고

큰 연기를 피우고 난 후

많은 사람들의 혀가 분주히 움직일 때

화덕에 앉아

여유롭게 담배 한 대 피우고 있으니까.

— 중국, 투루판

비파 소년이 사라진 거리

거리의 비파 악사 소년과
북을 치는 어린 여동생
소년의 신들린 노래와 연주는
거리를 한순간 평정했다.
사람들은 입을 닫아걸고
거리는 숨겨진 귀를 열고
지긋한 할머니의 다리가 행려병자처럼 춤추고
주머니의 돈들이 춤추며
악사의 가방으로 들어갔다.
노래는 끝이 없고
눈 감은 소년의 연주는 끝이 없고
가슴의 귀를 열어버린 사람들은
성급히 돈 가방을 닫고 사라지는
소년의 날 선 눈초리를 보지 못했는가.
음악이 사라진 거리
사람들은 바람에 날리는 빈 봉지처럼 서 있다.

—— 중국, 카슈가르

얼굴

한밤
마른 물속
들여다보는 얼굴

물의 얼굴
얼굴의 물

휘젓다가
휘젓다가
축축이 젖은
흰 소매
떠내려가는
꽃
입술

눈을 들어 밤하늘을 보지 못하고
물속에 떠내려간
너의 얼굴

슬픔이여.

　　　　　—중국, 주자이거우

바위산

넓디넓은 사막 위에
불현듯 솟아 있는 바위산
그 그림자 속으로 들어가기 위한
한나절의 행군
산은
너무나 크고도
너무나 적갈색이고도
너무나 거칠어서
하나의 신 같다.
걷다 보면
한참을 걸어도 산은 저기에.
한참을 걸어도 산은 저 멀리에.
고갤 돌리면
평원 위에 솟은 수많은 바위산들
눈을 올려 잠깐 보았을 뿐인데
태양은 불타오르며 눈알을 태워버렸다.

눈먼 하늘

눈먼 바람

눈먼 여행

—요르단, 와디 럼

호텔 연가

비좁고 어둑한
욕실 거울 앞에 서서
이를 닦다 멈추어버린
내 헝클어진 얼굴 위에
문득 겹쳐지는
수많은
이 호텔 방을 지나쳤을 거친 얼굴들
그것들도
나처럼 멈춰
입에 허연 것 묻히고
외로움과 두려움에
휘청거렸나.

―중국, 충칭

32

책 없는 여행

책이 없다.

낭패다.

이 긴 여행을……

펜을 든다.

내가 쓴 책은

누가 읽어줄까.

바람에 쓰고

바람에 지우고

나그네들이 길가에서

부서진 글자들을 주으라.

—중국, 란저우

달, 깨지는 얼굴

나뭇잎 사이의 달
하늘 전체의 얼음
개가 베어 먹은
내 잠 위에 뜬
미소 짓는
벗겨진 얼굴
누구나
저항할 수 없는 마지막에서 만나는
외로운 혹성
깨지는 얼굴
달

—이집트, 서부 사막

34

제2부

황금 꽃

붉은 촛대는 길고
촛불은 흔들댄다.
세상의 검은 곳에 구멍을 내고
신비는 흘러나온다.
아가의 눈 속에 흩날리는 독한 꽃
아가는 넋을 잃고
머리칼은 타들어간다.

———중국, 핑야오

예루살렘, 2002년, 4월

태초에 신은 입김을 불어
사람의 숨을 만드셨다.
그러므로 사람은 숨을 들이쉬고 내쉴 때마다
어떤 신성을 느낀다.
늙은 어머니의 입 냄새를 맡을 때
마음이 아프고 뭉클한 것은 그 때문.
자는 아내의 부어오른 얼굴을 보고 있으면
째깍대는 시계 소리가 더 커지는 것도
그 숨 때문.
오랜만에 만난 친구가 술에 취해 휘청대며
속 깊은 말들을 토해낼 때
내 손끝이 찌릿해져 그의 손을 꼭 붙잡고 싶은 것도
그 거친 숨소리 때문.
여기 거리에 쓰러진 한 소녀
가쁜 숨을 몰아쉬다 천천히 식어간다.
그 숨이 떠나버린 차가운 나무 덩이.
한 무리의 구조 요원과 경찰이 소리치며 뛰어다니
는 거리

너에게서 신은 입김을 거두어 가셨구나.

─ 2002년, 4월 들어 이틀에 한 번씩 자살 테러가 예루
살렘을 공격하였다. 테러범 중에는 18세의 팔레스타인
소녀도 끼어 있었다. 오늘 그녀는 대형 슈퍼마켓 입구에
서 폭탄을 터뜨려 3명의 유대인을 죽이고 자살하였다.

예루살렘
—— 눈동자

주방용 행주와 걸레 꾸러미를 짊어지고
라이터도 함께 파는 이 아랍 청년은
가는 곳마다 실랑이다.
유대인 처녀는 그를 피해 골목으로 접어들고
한 유대인 사내는 그의 얼굴에 손가락을 겨누며
소리쳐댄다.
"필요 없다 했지, 응? 필요 없다 했어!"
그러나 이 모든 실랑이에 꿈쩍 않는 그의 눈동자는
아! 깊고 탁한 갈색.
네가 내 앞을 스쳐 지날 때
넌 두 눈을 들어 잠시
날 쳐다보았지.
흐릿한 미소로 열리려 하던
네 깊은 속.
그러나 이윽고
햇빛 찬란한 큰 거리
전장으로 유유히 걸어 나가는
너의,

깊고 두꺼운
눈동자여!

예루살렘
— 그. 녀.

　할머니는 참으로 예쁘게 단장하였다. 청색 물방울
무늬 블라우스에 흰 치마, 백색의 틀어 올린 머리에
몇 개의 핀을 꽂고, 퉁퉁한 발목엔 여고생같이 검정
구두를 신고, 뒤뚱뒤뚱 바쁘게 간다. 아내와 난 거의
뛰다시피 쫓아간다. 할머니는 자기 집을 선보이고 집
세를 벌기 위해 연신 집에 대한 자랑이다. 골목을 돌
아 또 골목의 내장을 돌아 어두운 목구멍으로 이어지
는 숨찬 가르릉 소리.

　현관문을 열자 단단한 방 안에 웅크린 낡고 어둔
벽들은 눈이 부셔 찡그린 어린애의 이마처럼 주름져
있었다. 커튼을 열어젖히는 할머니의 대담하고 힘차
기까지 한 손! 그러나 구석 낡은 책장 서랍을 여는
손은 왜 그리도 심하게 떨렸을까.

　집을 나와 다시 골목들을 걸으면서 할머니는 입을
다물어버렸다. 젊었을 땐 참으로 고왔을 모로코계 유
대인 할머니는 우리가 작별 인사를 하자, 아무 일도
없었다는 것을 가장하듯, 바쁘게 인사를 받고 다시
자기 집을 향해 간다. 백색의 틀어 올린 머리, 여고

생 검정 구두가 뒤뚱대고, 숨이 차오르는지 한참을
시멘트 벽에 기대 있던 그. 녀.

　그녀가 벽을 돌아 사라질 때, 아내는 조용히 곁으
로 다가와 나의 손을 꼭 쥐는 것이다.

나무의 시간

나무는 움직이지 않는다.
그러나 나무는
시간 속에서 움직인다.
이 나무는 천 년 동안 움직였다.
나무는 너무나 거대하여 그 아래 있으면
온통 하늘이 나무고, 땅이 나무고
나 또한 나무다.
나는 나무의 뿌리를 베고 누워
시간을 생각해본다.
시간은 저기 수없이 반짝이는 이파리 같고
뿌리의 굵직하고 툭툭한 침묵 같고
손끝에 그러잡은 흙의 따뜻함 같고
목덜미를 쓰다듬는 바람
잃어버린 현재
아득히 떨어지는 잠
같다.

— 이스라엘, 갈릴리 호수

44

나무의 정신

이 거대한 나무는 세 가지 모습을 하고 있다.
뿌리와 줄기와 이파리.
땅 위로 툭, 툭, 불거져 올라온 뿌리는
세 가닥의 굵은 줄기로 뒤틀려 올라
하늘 가득 흩날리는 이파리들을 만들고 있다.
뿌리의 한 가닥 위에 올라서 보니
내 발등은 뿌리처럼 툭툭 불거져 오르고,
몸통은 하늘을 향해 뒤틀려 오르고,
나는 순간 하늘 가득 흩어지며
나무의 정신 속으로 들어간다.

—— 이스라엘, 갈릴리 호수

물속의 깊은 구멍

넓고 깊은 대리석 수영장은 비어 있다. 일꾼 하나가 수영장 바닥에 내려가 낙엽들을 주워 모은다. 바닥의 중심엔 쑥 들어간 깊고도 어두운 구멍이 하나 있다. 모든 것은 그리로 빨려 들어간 것이다. 가을 오후의 무심한 햇살마저도. 여인은 수영장의 그늘 아래 앉아 오랫동안 일꾼의 일하는 모양을 바라보다가 자릴 털고 일어난다. 다릴 절뚝이는 늙고 무거운 몸. 삶은 저 여인에겐 너무 가혹하고 내겐 너무 가볍다고 나는 생각한다. 그 순간 수영장의 깊고 어둔 구멍에서 물이 솟기 시작했다. 청소를 끝낸 일꾼이 물을 틀자 구멍은 시퍼런 땅의 혈액을 토해내기 시작한 것이다. 난 그 순간 여인이 미세하게 변화하기 시작하는 것을 느꼈다. 여인은 힘겹게 뒤뚱뒤뚱 다시 수영장으로 걸어가더니 멈칫멈칫 그 시원한 물에 두 발을 담그는 것이었다. 그러고는 어린애처럼 환한 얼굴로 웃고 있는 게 아닌가. 여인은 물가에 뿌리를 뻗은 푸른 풀처럼 싱싱하게 피어나고 있었던 것이다. 난 그 순간 전혀 예기치 못했던 삶의 비밀을 목격한 사람처럼

얼굴이 확 달아올랐다. 삶은 출구와 입구가 하나인
저 물속의 깊은 구멍처럼 내겐 미지의 영역이었던 것
이다.

— 인도, 아그라

버려진 사원

어두운 주랑(柱廊)은 글씨로 가득하다.

그곳을 걷다 보면 글자들이 향기처럼 떠도는 것 같다.

주랑은 웅얼거림으로 가득하여

지나는 이가 귀를 열고 듣고

마음은 풍경으로 가득하여

감았던 눈을 뜬다.

그러면 주랑은 빛으로 열리며 다른 세계를

보여주는 것이다.

나는 공간을 가로지르는 소릴 하나 낚아채

귀에다 갖다 대보았다.

소리는 이 우주를 창조한 신과 그 아름다운 조화를

노래하고 있었다.

주랑은 어떤 감출 수 없는 즐거움으로 북적거렸다.

그러나 나의 손이 우연히 벽의 금 간 틈에 가 닿는 순간

주랑은 텅! 하고 비명을 지르며

빠르게 어둠 속에 숨어버렸다.

벽 틈으로 흐르던 차갑고 끈적한 액체가 만져졌다.
주랑은 너무 어두워 한 발짝도 옮기기가 힘들었다.
주랑을 빠져나오자 사원의 넓은 폐허가 나왔다.
돌무더기 위에 핀 꽃이 신비롭게 흔들리고 있었다.

— 인도, 델리

시의 향기

때는 밝은 아침
새들이 푸른 하늘서 내려올 때
나무 그늘에 앉아 시를 쓴다.

시는 그림을 닮아
낮은 집들과
아름다운 문양의 창틀과
붉은 기와들을 그린다.

시는 음악을 닮아
마당을 뛰어가는 아이의 짧은 고함과
그 붉은 볼과
너른 들판서 불어오는 바람 소리와
떨어지는 사과의 시큼한 순간을
적는다.

시는 중심에서 피어나는 향내처럼
모든 것들 속에서 피어나고

너른 하늘에 가득하고
내 얼굴과 코끝을 쓰다듬는다.

시는 가난한 연필이 훑고 지나간
작은 일기장 위에 있다.
일기장을 덮으면
시는 마개로 닫힌 과일향이 된다.
시는 내일 아침 아내가 몰래 열어보기 전까지
배낭 깊은 곳에 놓여진 때 묻은 작은 일기장이다.

—그리스, 메테오라

호수

녹(綠) 빛의 하늘 아래
검은 숲
검은 숲 속에
녹 빛의 호수
하늘을 나는 물고기가 나무등치에 부딪힐 때
호수는 깜짝 놀라 번쩍인다.

녹 빛의 하늘 아래
녹 빛의 호수는
수천 년을 흘러 고여 숲 속에 거울을 만들고
지나가는 나그네의 얼굴을 훔쳐
물 깊은 곳에 감춰두었다.

녹 빛의 하늘 아래
녹 빛의 호수는
어느 청명한 가을날, 바람 없는 날
물끄러미 물속을 바라보는 한 나그네에게
수많은 얼굴을 보여주었다.

녹 빛의 하늘 아래
녹 빛의 호수엔
아무 찾는 이 없어도
바람 불고, 고기들이 떼 지어 다니고,
낙엽들은 살짝 떨어지며 녹 빛으로 물든다.

─ 중국, 주자이거우

여행자

눈 속엔 강이 있고
배가 있고
청명한 하늘이 있고
그리고 눈물이 있다.
눈을 감으면
눈물이 쏟아진다.

먼 곳을 떠도는 여행자
풍경에 눈이 먼 여행자여
집이 없으니
신발은 해어져
흙투성이가 되었구나.

팔베개를 하고 누워
밤하늘을 보면
두 눈에 가득한 별들
눈이 시려 감지 못하네.

눈 속엔 강이 있고

힘찬 바람이 있고

고향으로 떠나는 배가 있다.

그러나 여행자여!

그대는 왜 발걸음을 돌리나

그대의 눈물이 강을 만들고

그대의 그리움이 배를 만들었으나

그대는 풍경 속에 애인을 잠재워놓았구나.

그리고 오늘도

풍경은 너의 품속에서

거문고의 날카로운 현을 울린다.

──중국, 리강

한밤에 일어나 창을 열다

가로등 밑으로 안개 뿌린다.

늦은 밤

아무 지나는 이 없는 길

유리창 안의 남자는

낡은 침대 위에 몇 개의 옷가지를 깔고 누워

안개를 바라본다.

안개는 깊은 산속 호수에서 만들어져

숲과 나무의 이파리 끝과 짐승들의 잠을 적시다

여기 산장 가로등 밑을 지나고 있는 것이다.

그러므로 안개는

깊은 산속 호수의 밤 외출.

호수는 산장을 지나

낮은 달이 떠 있는 하늘로 이동 중이다.

유리창 안의 남자는 침대를 일어나 창 앞에 선다.

하늘은 푸르고

달은 물속에 출렁이고

물고기들은 별들 사일 헤엄치고

유리창 안의 남자가 삐걱 창문을 들어 올리자

물들은 오두막을 급습한다.

남자의 얼굴이 물속에 일렁인다.

―― 중국, 주자이거우

나의 얼음들

별들이 하늘에 있다.
별들은 얼음처럼 박혀
가슴을 시리게 한다.
별 위에 서서 나를 내려다보니
나는 커다란 얼음 보석 위에
맨발로 서 있구나.

달이 뜬다.
동쪽 하늘 위로 생전 처음 보는 거대한 달
나는 감히 달 위에 서지 못한다.
달은 나를 발가벗기고
사막을 발가벗겼다.

타블라*의 소리가 들린다.
나무에 불이 붙고
노래가 시작된다.
그들은 날 여기로 싣고 온 운전사들
그들이 샤이**를 나른다.

별들은 사라졌다.

달은 중천에 점잖게 떠 있다.

모든 것은 음악 속에 완전하다.

나의 얼음들이 움직이는 소리들

들린다.

— 이집트, 시와 오아시스***

  * 이집트 전통 타악기.
 ** 이집트 전통 차(茶).
*** 이집트 서부 리비아 사막에 위치한 오아시스.

그림자와 달

해가 지는 시간은
그림자의 시간
우리가 걷는 사막 위의
거대한 바위산들이 길어지고
갈색 모래 언덕이 길어지고
마른 한 그루 나무가 길어진다.

해가 지는 시간은
모두가 존재를 드러내는 시간
작은 돌멩이들까지
뜨거운 그림자를 토해내고 있구나.
바람은 이쪽 계곡과 저쪽 계곡서 요동치고
태양은 암벽 위에서 불타고
우리의 그림자는 바위산 밑을 걷는다.

해가 지는 시간은
만물이 불과 더불어 타오르는 시간
나무 그림자가 작은 돌덩이를 덮고

모래 언덕이 한 그루 나무를 덮고

바위산이 모래 언덕을 삼키고

마침내 어둠은 광활한 사막을 삼켜버렸다.

그러나 달은

어둠에 구멍을 뚫고

우리가 가는 길을 비추고 있구나.

—요르단. 와디 럼

불의 요리사

타오르는 불
무슬림 요리사의 손이
땅짐승과 식물과 물짐승 들을 구워낸다.
가슴은 벌렁대고
배고픈 위장과 항문은 환하게 웃음.
음식을 나르는 소녀는
불 뿜는 짐승들을 이끌고
내 식도와 위장을 돌아다님.
나의 즐거운 입이 '엄마' 하고 외치니
소녀의 눈 속에 불이 확 타오른다.

―중국, 텐수이

배고픈 버스

나는 가야 하는데
버스는 출발하지 않는다.
버스는 배불리 차기를 기다린다.
버스는 정처 없이 기다리고
난 점점 배고프다.
버스도 배고프고
뿌연 먼지 하늘도 울상이고
마른 나뭇가지들도 부러질 듯 허기진데
배고픈 버스는 절대 출발 않으려 해.

———중국, 둔황 가는 길

행복한 마사지

마사지 소녀의 차돌 같은 주먹이
내 몸을 두들겼다.
난 물수건처럼 접혀
너무 행복했다.
너도 행복하니?
……

소녀의 꽉 다물고 있음이 돌덩이가 되어
내 물렁한 심장에 박혔다.
소녀는 날쌔게 돈을 가로채고
내 허물어져 내리는 빈손은
그렇게 행복했음을……

— 중국, 카슈가르

노년의 정원

젊은 시절 수많은 여행의 글들을
노년의 내가 읽을 테지.
그리 시간이 많을 테지.
차를 음미하듯
찻잎이 입안을 돌아다니듯
그리 천천히
그리 세세한 맛까지 탐하려 애쓰며
그리고 몸 안에 퍼지는 젊음을 느끼며
행복해할 테지.
노년의 정원은 참으로 풍요로울 테지.
과일들은 다시 그 시큼한 맛이 돌며
회벽 위에 붉은 점들을 찍을 테지.
늙은 나무들이 푸른 땅을 내려다보고 있는
노년의 정원

　　　　　　　　　　　——중국, 이창

여행의 끝

52시간의 기차 여행
읽을 책도
들을 음악도
먹을 음식도
움직일 공간도 없다.
갈증이 거울 앞에 서게 한다.
털투성이 얼굴은
명확하게 아프고
쓸쓸하게 자유롭고
황야의 흙덩이를 닮아
이제
부서져도 되겠구나.
욕망의 끝
도시로 가는 흙먼지야.

—— 중국, 베이징 가는 길

66

제3부

사랑

어느 날 갑자기 나는 사랑에 빠졌다. 나는 양미간에 주름을 지었다. 익숙지 못한 것들이 배를 뒤틀리게 하고 가슴을 칼로 긁고 머리를 지끈거리게 했다. 어느 날 갑자기 나의 사랑이 나의 어두운 방으로 들어와 누워 있는 날 문질러댔다. 앙칼진 것들이 내지르는 붉은 소름. 불쾌한 입술이 이를 앙다물었다. 나의 사랑은 날 떠나지 않으려 몸부림쳤다. 난 호소했다. 날 떠나지 말아달라고. 거듭거듭 호소하는 나의 혀가 딱딱하게 갇혀 있었다. 어느 날 갑자기 난 둘이 되어 있었다. 난 놀란 눈을 하고 날 보고 있었다. 난 놀란 나를 때려죽이고 싶었다. 놀란 나는 나에게서 도망치고 싶어 했다. 그러나 난 무섭게도 도망치는 날 끝까지 추격하여 때려죽이고 싶었다. 어느 날 난 둘이 되어 있었다. 손이 손을 맞잡고, 입술이 입술에 포개지고, 성기가 성기에 삽입되어 있었다. 그리고 난 죽고 싶었다. 영원히, 모든 것이 사라져버렸으면 했다.

벙어리의 혀

너는 내게 말한다.
너의 온몸이 말한다.
나는 대답한다.
힘없이 떨어지는 몇 마디의 말들.
나는 숨는다.
키 작은 나무 뒤에.

너는 말한다.
너의 온몸으로 말한다.
너의 발가벗겨진 몸을 보았지.
키 작은 나무 뒤에 숨어.

네가 떠나고
네가 없는 빈자리
나는 부른다.
벙어리의 혀
네가 떠난 빈자리
앙상한 겨울나무들 사이로
난 너를 부른다.

우리들의 사랑

방 안 가득한 땀 냄새
내가 너를 핥고
네가 나를 삼키고
우린 서로를 먹어대며 땀을 흘렸지.
방 안 가득 부풀어 오른 우리의 허무
우리의 빈주먹
정직하고 가난한 땀으로
우린 방 안을 가득 덥혔지.
누가 올까 두려워하는 얼굴로
너도 아니고 나도 아닌
그런 반쪽의 얼굴로
우린 서로를 힘들게 했지.
힘들게 그리워했지.
떠나버릴까 두려워하는 얼굴로
떠나버릴까 두려워하는 얼굴로

소리 소문 없이 그것은 왔다

소리 소문 없이 그것은 왔다.

사람들은 그것을 사랑이라 불렀다.

깊은 곳에 웅크린 외로움

외로움이 독을 마신다.

그리고 의식을 잃는다.

가난한 흰 들판에 뚝, 뚝, 저녁 핏물이 든다.

그리고 의식을 되찾자

사람들은 사랑이 떠나갔다고 했다.

소리 소문 없이 그것은 왔다 갔다.

황폐한 들판에 뿌리째 뽑힌 사과나무.

사랑은 태풍처럼 왔다가

농약처럼 사랑하다가

파헤쳐진 흙이 되었다.

그리고

사랑은 떠나갔다.

그러나 사랑했던 사람들은 아무 일도 없었던 듯

얼굴에 고운 화장을 하고 있다.

사랑은 달콤하고……

사랑은

달콤하고

아프고

어둡지만 빛나고

웃지 않지만

깊은 곳에서 웃음이 흘러나오고

사랑은 고갤 숙이고 있지만

아픈 마음에 눈을 들 수가 없는 것.

사랑은 없다가도 어느덧

향내처럼 스쳐가고

사라진 후에 더욱

마음 가득 향내로 가득 차고

일어서다 떨어져 깨뜨린 찻잔처럼

처절한 향내다.

사랑은 달콤하고

거리의 악사처럼 음울한

선율을 연주하고

해 지는 저녁, 어둑해지는 뒷골목

모든 어둠 속에 가득한 것.
사랑은 달콤하고
사랑은 기다림 속에 있고
기다리다 지쳐 절망하는 곳에 있고
모두 걸어 잠근 어둠
끈질기게 흔들리는 촛불 속에 있고
밤새 뒤흔드는 바람 속에 있는 것.
사랑은 달콤하고
축축하고
어린 개의 눈처럼 축축하고
잡지 못하는 손처럼 눅눅하고
그저 바라보는 눈길처럼
아프다.
사랑은 아프고
아파서 아름답고
아름다운 목덜미이고
부드럽게 흘러내린 팔
너를 향해 영원히 뻗은 손

너와 눈길이 마주하는 순간
부드럽게 미소 짓다가
울음이 나올 것 같아 눈길을 돌리는
사랑은 아름답고 아픈 것.
사랑은 잠시 기쁘고
오랫동안 슬픈 것.

눈은……

눈은 사람의 마음을 볼 수 있는 곳.
비록 그것은 현재의 것이지만
과거와 미래 또한 그 속에 있다.
눈을 감고 말을 하면
그 말은 마음에서 진실하게 흘러나오는 말
감은 눈 끝에 매달린 눈물처럼
마음은 주르르 흘러내린다.
눈은 어색하게 굳어 있다가도
마주치면 순간 당황해 하고
태연하려 애를 써도
마음은 들켜 흔들린다.
흔들리다 파도치고
거센 바람이 풍랑을 몰고
그러다 잔잔해지면
마음은 햇살 아래서 다시 반짝인다.
눈은 깊고도 얕고
풍성하고도 가난하고
냉정하지도

야멸치지도 못하고

눈은 소박하고 단순하다.

눈은 때론 탁하기도 하고

때론 읽을 수도 없이 난해하고

때로 눈은 마음을 가리는 검은 커튼이다.

꽃잎

그대 눈동자 속 환한 꽃은
눈을 깜빡이자 꽃잎을 떨궈요
꽃잎을 떨구며 고개 숙인 그대
그대 앉아 있는 식탁 위에
꽃밭을 만들었네.
난 식은 국을 먹다 말고
빈 수저만 바라보네.
그대 고갤 들어 밥을 먹어요.
환한 꽃, 꽃잎 다 떨구겠네.

너는 복숭아 같고

너는 복숭아 같고
복숭아 꽃줄기 같고
여린 눈물 같고
거울에 비치인 햇살 같고
너는 봄 같고, 여름 같고
나무 그늘에 놓인 귤 같다.

나는 바라보았을 뿐.
너를 줍지 않고
너의 먹음직한 열매를 혀끝으로 어루만지지 않고
그저 바라보았을 뿐.
바라보는 눈이 시려 조금
눈물을 흘렸을 뿐.
다른 이의 손이 널 주웠을 때
난 하루 종일 달려 큰 나무 아래 이르렀을 뿐.
너에게 그립다 말 한마디 안 하고
네가 사라진 계절에
오래오래 나무 그늘이 흔들리는 것을 바라보았을 뿐.

너의 눈

눈을 열면
눈을 열면
내 눈 앞의 너의 눈.
소박하지만 솔직한
그리 깊지도 않은 너의 눈.
그러나 내 눈이 향해 있는 너의 눈은
그리 반짝이지도 않고
그리 예쁘지도 않지만
나의 대답을 기다리고 있는 눈.
순하게 열려
오래 지속될 것 같은
오래 그렇게 쳐다보다
내가 온몸을 던져 뛰어들어도
잠시 놀라다 말
그러다 웃을
너의 천진한 눈.
그러한 너의 눈을 향하는 나의 눈은
수많은 물음과 주장이 가득하고

네 잔잔한 우물에 수많은 돌들을 던지며 소리치고
이윽고 눈을 감아버리고 말지만,
네 젖은 눈은 여전히 내게 천진하게 열려
내 몸부림치는 몸뚱이를 비추고 있구나.

체리 향기

체리 나무 아래
체리 열매
손끝에 묻혀
코끝에 묻혀
몰래 내 혀 밑에 숨겨둔,
네 호기심 많은 입술이 더듬어 찾아낸,
네 혀 위에 뒹구는,
내가 네 이름을 부르기도 전에
깨물어버린
체리
붉은 물
너
체리 향기.

꽃

바람
분다.
치마 끝을 살짝 잡은
저
하얀
여자의 손
하얀
꽃잎
우연히
마주친
너의
시선
꽃!

바람
부는데
바람
부는데

외사랑

내게 있는 유일한 것.
네가 지나가는 길목에 서서
너의 깜짝 놀란 관자놀이 위에 던져버리고 달아난
이제는 내 하얀 손목 위에 놓여 있는
삶의
벌거벗은 맥박이여.
몇 년의 옷을 껴입고
몇 번의 가면을 바꾸고
나는 오늘도 운전석에 앉아 사이드 브레이크를 내
리지만.
이제 갈 수 있을까?
귀여운 올리브 나무들이 줄지어 서 있는
들길
너에게로 가서
3월의 밀들이 물결치는
들판
가득
나의
와이셔츠 위에 올려진 가면이여.

향기

너는
그냥 '너'라고 부를 수 없는 존재
그래서 너를
'향기'라 부른다.
봄은 빛과 함께 오고
너는 봄에 핀 여름처럼 뛰어다녔지.
내 숨이 벅차
난 뛰어내릴까 했다.
아무도 잡아주지 않는 나를
넌 떠다밀었지.
그래서 넌
바람과 나무와 꽃술
그리고 향기
수많은 나를 밟고 지나간
내 위에 피어난
흐드러지는 미친 꽃
그래서 난 널
'향기'라 부른다.

숲 속에서

여자는 남자를 만나
포옹을 하였다.
꼭 감은 눈
두꺼운 등 위에서 손은
가늘게 떨었다.
마침내 시간은 낡고 녹슨 작동을 멈추고
세상은 무너져 내렸다.
비현실적으로 날아오르는
꽃, 꽃잎,

달리는 그녀는
넘어지며 웃음이 파열하는 그녀
머리 없는 남자의 등허리가
나무 위에 새겨져 있다.

가난한 손

가난한 손

식탁 위의 손

사랑은 또 찾아왔지만

수많은 사랑이 떠나갔었네.

사랑으로 단련된 손

이별로 단련된 손

사랑은 또 찾아오고

손은 천천히 수저를 드네.

제4부

삶은 정원을 뛰는 아이처럼

삶은 정원을 뛰는 아이처럼
그리도 기쁘고 도전적이었는가.
꽃은 꺾이고, 잎들은 후두둑 뽑히고,
아이는 엎어져 뒹군다.
흙을 퍼먹는 아이처럼
삶은 그리도 달콤한데
나는 벤치에 앉아 낡은 시집 옆에 끼고
먼 추억에 잠겨
아이의 차가운 손이 내 손을 잡을 때
그만 놀라 내 속의 꽃잎을 떨어뜨렸네.

꿈꾸는 사람

꿈을 꾸는 사람
꿈속에 갇힌 사람
꿈의 문을 꼭꼭 걸어 잠그고
꿈을 꾼다.

그대가 그리워하는 것은
꽃과 바람
정원 위에 벗어놓은 옷가지들
그대가 그리워하는 것을 위해
그대는 문을 꼭꼭 걸어 잠갔구나.

꿈을 꾸는 사람
꿈꾸는 사람 곁을 지나가는 사람
단단한 호기심이 꿈의 문을 뒤흔든다.
뒤척이다 뒤집어지는 손
열쇠를 꼭 쥔 손
아무도 펼 수 없는
그만의 손

유령

저녁의 공기가 코를 찌른다.
헤어지는 사람들이 맡는 냄새
저녁은 피곤에 지친 사람들의 등을 떠밀어
이불 속으로 들어가게 한다.
어둠이 코를 찌른다.
닫아건 창문
어둠은 마음의 골목들을 기습한다.
무기력한 손이 등불을 찾아 마음을 뒤진다.
추억아!
내 마음이 너무 아프다.
그러나 저녁은 무서운 머리칼을 풀어
저 전신주 위에 걸어놓았다.
밤은 차가운 얼음을 뿌려
모든 것을 덮어버렸다.
그리고 아침은 저 얼음에 갇혀 깨어나지 못하고
새벽 대문을 나서는 한 사내가 유령 같다.

그림자

걷는 사람
뛰는 사람
바쁘게 차를 모는 사람
멈춰 서도 초조하게 입술을 깨무는 사람
차를 마시면서도 양미간에 주름을 잡는 사람
그러나 이 모든 것들을 지켜보며
이 모든 것들 밖에 있는 또 다른 사람이 있다.
그는 뛰는 법이 없이
서두르는 법이 없이
파란 신호등 앞에 가던 걸음을 멈추고 서서
생각에 잠긴다.
'어디로 간단 말인가
누구에게 간단 말인가
난 오늘 직장을 잃었다.'
그의 분주하던 주위가 순간 정지한다.
그는 얼굴을 들어 사람들을 본다.
사람들은 환한 빛 속에 있다가 순간 꺼져버린다.
거리는 한낮의 그림자들로 가득하다.

그는 목덜미에 서늘한 기운을 느끼며 뒤돌아본다.
뭉툭한 그림자가 그를 밟고 서 있다.

광대 1

광대는 친구가 필요해.
광대 짓을 구경해줄.
친구가 없는 광대는
나무속에서 친구를 찾지.
돌 속에서 친구를 찾지.
우물 속에서 친구를 찾지.
텅! 텅!
물속의 그림자
덩–실!
하늘로 날아오르는 그림자.

광대는 친구가 필요해.
광대는 치마를 입고 속눈썹을 올리고
가슴을 세우지.
광대는 외줄 위에서 친구를 만났네.
가슴이 빈약한 새 한 마리
창! 부채를 펴니
놀란 새 날아가버렸네.

광대 2

삶의
탱탱한 빨랫줄 위에
누구는 외줄타기 광대 짓을 하고
누구는 목을 맨다.
나는 하이얀 메리야스를 널다가
뜯어진 실오라기를 타고 내리는 물방울
그 속에 담긴 태양을 보았다.

비 내린다.
삶의 탱탱한 빨랫줄 위로.
난
물방울 물방울 물방울
하이얀 빨래를 잡은 내 팔꿈치에
주르륵
물방울 물방울

내게 삶의 비밀을 알려주세요

내게 삶의 비밀을 알려주세요.
누구든, 그 비밀을 잠깐이라도 엿보았던 사람,
내게 말해주세요.
난 알고 싶어요.
비록 삶이 빈주먹의 동전 한 닢일지라도
난 그것을 알고 죽고 싶어요.
내게 말해주세요.
그러나 길가의 나무들은,
우체통은, 날아가는 새들은,
무언가를 알고 있는 듯 내 쪽을 흘끗거리고는
사라집니다.

난 매일 누군가가 내게 속닥속닥 말을 걸고 있다는
생각이 듭니다.
그게 누구일까 두리번거리며 하루를 보내는 것이
나의 일과 중 하나죠.
새로 이사 오던 날
가구 하나 없는 빈집이 날 쳐다보며

이렇게 말을 거는 것이었습니다.

'넌 무얼 가지고 왔느냐?

무슨 진귀한 물건으로 날 즐겁게 해줄 테냐?'

또 추운 마당이 눈앞에 다가와 훅!

흙냄새를 풍기며 물었습니다.

'네 신발을 벗어라!

넌 뾰족한 구두로 날 아프게 하고 있구나.

넌 진정 알고 싶으냐?

내가 바로 그 비밀이다.'

그러나 난 더 이상 물어볼 수가 없었습니다.

한 발짝 더 다가서자

집은 돌 속으로 사라졌고,

마당은 길게 누워 추운 모래바람을 일으켰을 뿐이
니까요.

내 삶의 비밀들이 어둠 속 짐승의 눈동자처럼

배회하고 있습니다.

껌껌한 가로등 외길

누가 나의 뒤를 밟고 있는 것일까요?
뒤돌아보니,
구두에 짓눌린 뭉툭한 내 그림자
날 뚫어져라 쳐다봅니다.

지친 시 1

지친 몸
지친 마음
지친 시
펜이 끌어다 놓은 글자들이
머리칼 같고
지문 같고
줄 맞춰 널어놓은 빨래 같다.

지친 시 2

아픈 마음이
몸을 잡고 쓰러지고
쓰러지는 몸이
시를 잡고 늘어진다.
시는 주-욱 늘어나
6행까지 늘어났다.

지친 시 3

여행은 여행이 아니었다.
밖은 밖이 아니고
길은 길이 아니고
바람은 바람이 아니고
태양은 어둠에 뚫린 검은 구멍
구멍을 간신히 닫아놓은 양철판이
덜그럭거렸다.
새들도 따라 덜그럭거리고
새들이 날아간 곳은 저 푸른 하늘이 아닌
낡은 종이 위
지친 글자들이 웅크려 자는 곳
오래된 책
사람들이 시(의) 집이라 일컫는 곳.

봄비

나, 오랜만에
어른이 되어서 아주 오랜만에
우산 없이 걸었네.
충북 청원의 산속을
서울 명동의 밤길을
하루 동안.
내 온몸이 젖어
뼛속까지 푹 젖어
입안에 연초록 싹이 움트고
난
우물우물하였네.
도시에 밤비 내리는데
사람들 우산 속으로 봄비 피하는데
나 우물우물
식물의 말들을 하였네.
지나가던 예쁜 서울 여자
꽃 같은 속눈썹의 서울 여자
눈 흘기고 지나갔네.

104

나의 잎들이 피어나고
나의 잎들이 밟히고
나의 뿌리들이
이 도시 여기저기 위에 걸려
꿈틀대었네.
비 흘렸네.
나,
아직 이 밤
빗물들 하수구 저쪽으로 몰려가고
우산들 길 저편 골목들로 사라지고
빈 택시들의 헤드라이트 속,

봄비 내리는데.

오늘도 걷는다

나의 어느 한군데가 뚫려버렸다.

난 무너져 내렸다.

30대 후반

난 성인이다.

아이의 아빠, 여자의 남편,

가장이다.

난 다시 일어선다.

난 덜그럭거리며 걷는다.

헐레벌떡 좌충우돌 뛴다.

난 안다.

나의 한 부분이 회복될 수 없게 떨어져 나갔음을.

난 걷는다.

생각해보면

나뿐만이 아니지 않은가

모두가 뛰고 있다.

육교 위에서

육교 밑에서

저 다리 위에 서서 두 팔을 벌리고 있는 사내는
위험하다.
숨겼어야 할 그의 뻥 뚫린 두 눈.

난 걷는다.
난 안다.
나의 걸음이 덜그럭 소음을 내고 있음을.
그러나 걷는다.
30대 후반
한 아이의 아빠, 한 여자의 남편,
그리고 미래의 한 가문의 할애비인 나는

걷는다.
걸을 것이다.
덜그럭대는 소음에 장단 맞춰
나 자신의 유일한 보호자인 나는

오늘도 걷는다.

오후 1시, 서울 신림 병원

말 없는 얼굴
슬픔의 눈
두꺼운 침묵과
깊은 침묵의 우물
소란한 복도
뛰어다니는 아이들
그러나 두꺼운 침묵 주변에서 모두는
입을 다물어주는 예의를 안다.
무거운 손
상처 입은 손
천천히 떨어지는 눈물의 무거움.
침묵이 일어선다.
침묵이 일어선다.
침묵이 걷는다.
침묵이 걷는다.
아이들은 엄마의 손을 붙잡고 뒷걸음치지만
엄마는 침묵을 위해 비좁은 복도에 길을 내어준다.
침묵은 사라진다.

그가 이 복도에 등장할 때와는 다른 뒷모습으로.

침묵은 계단을 내려간다.

침묵이 마지막으로 'ㅎ' 소리를 내며

현관문을 빠져나간다.

복도에 어둠이 걷히고

아이들은 다시 재잘대기 시작한다.

검은 뿌리

내 눈 안에 노인의 시선이 있다.
그 시선은
꽃잎 가득 흩날리는 화사한 봄에
툭툭하게 튀어 오른 나무뿌리를 본다.
조용한,
그러나 도처에서 발견되는,
아이가 걸려 넘어진 검은 뿌리.
아이는 무릎을 잡고 운다.
검은 흙 파란 풀
땅속을 휘감은 검은 뿌리 위에서
햇살 가득한 봄
짧은 치마의 소녀가 아이를 일으키고
한 떼의 개구쟁이들이 달음박질치는
공원
벤치
노인
검고 툭툭한 손가락 마디가
소녀의 하얀 종아릴 잡고 놓질 않는다.

제5부

싼 것 예찬

아가는 옹쳐맨 자기 기저귀를 갖고 노는 걸 무척
좋아한다.

아니, 광적이다.

오늘은 옹쳐맨 매듭을 풀어 내용물을 만지작거리
고 있다.

오호라! 오호라!

먹을 것과 싼 것에 대한 광증이여!

아가는 자연이 꿰뚫은 통로

난 통로를 들여다보는 동물

통로의 입구와 출구에 꽃이 피었네.

내 몸의 모든 별들이 쏟아져 나오던 2년 전 그날 밤

내가 싼 별

너, 자연이여,

아가여!

아기

우린 배 속의 아기를
'겨울'이라 이름하였지요.
지금은 겨울이니까
겨울아 겨울아 하고 부르면
적막한 겨울 들판과 소나무들
아내 배 속에 있습니다.

곧 봄이 되면
우리 아기 이름은 '봄'이 됩니다.
봄아 봄아 하고 부르면
아내 배 속에 눈 녹은 시냇물 소리
졸졸졸 들리겠지요.
봄비에 젖는 아내의 눈물은
똑, 똑, 똑, 처마 밑에 떨어지고

여름이 되면
우리 아기 '여름'이가 이 세상에 나옵니다.
숲은 무성하고

한낮의 공기는 후끈한데
아내는 행복합니다.
아내는 눈물을 거두고
세상에 외출할 준비를 합니다.
여름을 품에 안고 소나무 숲을 거닐겠지요.
난 계절을 품에 안은 아내가
정말 부럽습니다.

오래된 수레

난 오랫동안 혼자였다.
그러나 어느 날
한 여인이 곁에서 잠에 빠져 있는 걸 보았다.
그리고 지금
한 아가가 날 보며 환하게 웃고 있다.
난 오랫동안 혼자였고
지금도 정신적으로 혼자다.
아가는 내 바짓단을 잡고 일어나
뒤뚱뒤뚱 걷고 있다.
먼 길
연초록 나무둥치에 물이 오르고
높이 솔개가 날고
소용돌이치는 꽃잎
뿌연 망막의 물
난 오랫동안 혼자였고
이제 아가를 끌고 가는 오래된 수레
덜그럭!
울음과 웃음이 함께 피어오른다.

황금 물고기

중이염이 오래다.
오늘은 두꺼운 이불 두 채를 껴 덮고서
끙끙대다.
몸살과 감기
아내는 요즈음 마음의 병을 얻었나
분주한 끝에 가만 조각처럼 앉아 있어 가보면
눈물이다.
오늘
무거운 몸 둘이 줄 맞춰 누워
인생과
삶의 헛됨과
그 연약함을 논하다.
다섯 살 딸아이는 장난감 골프채를 휘둘러대며
침대와 방바닥을 뛰어다니다.
겁에 질린 우리의 몸뚱이를 가차 없이 밟고 지나는
빛나는 괴성
연약한 삶을 짓밟고 튀어 오르는
황금 물고기야.

딸아이의 시계

길고 긴 밤
짙고 검은 밤
잠결에 눈을 뜰 때마다
아이의 머리 방향이 바뀌어 있다.
밤새
모두 눈 감은 어둠 속에서
아이의 머리는 방향을 바꾼다.
시곗바늘처럼
검은 바다 위를 항해하는 돛단배처럼
별들의 우주를 헤엄치는 우주선의 방향타처럼.
땀에 젖은 머리를 쓰다듬으며
우주의 시계에 자신의 시계를 맞추기 위한
그 끊임없는 노력을 안쓰러워하며
생각해본다.
생명이 우주를 듣는 소리
갈매기가 육지를 맡는 냄새
눈먼 수캐가 횃대에 올라 바라보는
우주의 시계.

길고 긴 밤
짙고 검은 밤
아이의 젖은 이마에 코를 박고 들여다보는
검은 바다
그 속에 떠 있는 작고 빛나는 물병
우주의 시간.

늑대의 옷

옷이 정신을 좌우한다?

오늘 모처럼
날씬해 보이는 바지를 입었건만
내 하체는
좁은 감옥에 갇혀 있고
내 성기는
창살에 끼어서 아파하고
또 다른 날 오늘
부드러운 치마 같은 넓은 바지 속에서
나의 다리는
들판의 풀꽃 사이를 총총히 걷는 듯하고
또 다른 날 오늘
꿈속에서
난 발가벗은 채 거리로 나섰는데
모두들 내 맨가죽에 손을 대며
다정히 말 걸어주었지.

난 달려갔네.

도시를 지나

또 다른 도시를 지나

너른 들판으로 강가로

하나도 춥지 않았어.

바람이 속옷처럼 날 감싸고

강 내음이 내 구석구석을 핥으며

향수를 뿌려주었으니까.

난 두꺼운 나무 외투를 걸치고

대지의 한가운데 잠들었네.

나의 곁엔

두터운 늑대들이 유순한 잠을 즐기고 있었지.

달 없는 登山

이 컴컴한 칠흑의 밤에 산을 오르는 것은
감고 있던 눈을 뜨기 위한 것
등 뒤에도 눈이 있고
발가락들도 다 눈을 치켜뜬다.
이 거친 검정 속에 살을 섞은 것은
새 숨을 쉬기 위한 것
터질 것 같은 심장과 고막 속에서
새로운 정신을 마시기 위한 것
달 없는 눈먼 야밤
내 등이 나를 떠밀어
이 흑인과 살을 섞게 하였다.
바람 소리, 흙 소리
내 눈뜬 두 발이 흑인의 눈먼 살을 짓이기는
소리 소리들이
땀구멍에 입을 대고 웅웅거리고
산은
점점 깊어지는 산은
계곡을 벌리고 검게 몸을 뒤튼다.

오늘 몸이……

매일 밥상 앞에서 몸은 건강해지길 기도한다.
야채들은 몸이 겸손해지는 것을 돕고
고기는 몸이 대담해지는 것을 돕고
생선은 몸이 유연해지는 것을 돕고
과일은 몸에 윤기를 돌게 한다.

몸은 매일 밥 앞에서 달라지길 기도한다.
살아생전의 생물들은 죽음을 겪자마자
몸속으로 들어왔다.
몸은 그 많은 것들을 하나로 모아
건강한 공동체를 만들었다.
정신은 그들의 기원을 모아 다시 태어났다.
그래서 정신은 하늘을 날고,
숲 속을 뛰어다니고, 바닷속에 뛰어들고,
딱딱한 땅껍질을 뚫고 들어가
부드러운 땅속에 뿌리를 박고 흙의 즙을 빤다.

몸은 매일 밥을 먹고 새롭게 태어난다.

처음에 몸은 보이지 않는 하나의 씨앗이었지만
몸은 채소들의, 짐승들의, 물고기들의,
살진 과일들의, 공중의 새들의, 땅 위의 벌레들의,
바람의,
저녁의 붉은 노을의, 새벽의 찬 이슬방울의,
한낮의 뜨거운 태양의,
그리고 겨울과 봄, 여름과 가을의
유기체가 되었다.

오늘 몸은 세끼의 밥을 거르고
다른 모습이 되었다.
몸은 좀더 가벼운 모습으로
정신은 좀더 명쾌한 모습으로
길 위에 뒹구는 작고 붉은 열매들을 본다.
몸은 길 위를 뒹굴다 바람에 날려
하늘로 오른다.
몸은 큰 새들의 먹이가 되고, 똥이 되고,
빗물에 섞여,

빽빽한 숲과 강과 불 켜진 집들 위로
내린다.
몸은 밤새 내린다.
몸은 나무뿌리 근처의 좁은 흙길들을 흐른다.
몸은 비 그친 아침 태양 아래 고여 있다.
밤새 비에 젖은 산짐승이
얼굴을 비추고 있는 몸!

나무 의자에 고인 물

공원
나무 의자 위에 고인
물
바람에 흔들린다.
멀리서 바라보아도
그 안에 무엇이 있을지 안다.
저 물은
어렸을 적에도 있었고
비 한 방울 뿌리지 않는 뙤약볕
청년 시절에도 있었고
사십이 되어 창문 너머 공원을 바라보는
내 눈 안에도 있다.
햇살 가득한 3월
오래된
나무 의자 위의
물
바람의 혀끝이 저것을 희롱한다.
오래전에 말라버릴 수도 있었을,

오랫동안 잊고 있던,

내 안의 청년과 함께

먼 곳으로 떠나버린 줄 알았던,

거칠게 거무튀튀하게 바닥을 벌린

공원 의자 위의 물.

햇살 밝은 날

오랜만에 나선 나의 가벼운 산책 길 위에

바람은 불고

꽃들은 날리고

예술과 음식

노인의 화폭엔
수많은 요구르트 숟가락이 붙어 있다.
노인은 이제 미수의 나이 88세
마침내
예술과 먹을 것을 구분 못하는 세계로
접어든 것.
나도
나의 시를 먹을 수만 있다면.
나의 시 속엔
입으로 혀로 탐닉하고 싶은
너무나 많은 것들이 있는데.

노인은 그림을 떠먹고
나는 시를 입에 넣어 빨고
흠,
딸아이는 음악에 맞춰 춤을 꿀꺽대고

예술을 그렇게 맛나게 먹을 수 있다면.

차 향기

나는 무언가가 되고 싶었다.

그러나 아무것도 되지 못했다.

방바닥에 앉아 신문을 읽는다.

친구가 찾아와 근황을 묻는다.

친구가 돌아가고 난 방

신문을 구석에 차곡차곡 정리해둔다.

차를 끓이고
찻잔을 깨끗이 닦는다.

한 모금,
두 모금,
입안을 돌아 나가는 차 향기가
참 맛있다.

숨 쉬는 거대한 시간

성 기 완

방바닥 – 근황

조금 엉뚱한 순서일 수도 있으나 시인이 시집의 맨 마지막에 배치한 시를 맨 먼저 보자.

방바닥에 앉아 신문을 읽는다.

친구가 찾아와 근황을 묻는다.

친구가 돌아가고 난 방

신문을 구석에 차곡차곡 정리해둔다.

차를 끓이고

찻잔을 깨끗이 닦는다.

한 모금,
두 모금,
입안을 돌아 나가는 차 향기가
참 맛있다.   ──「차 향기」 부분

　이것이 시인의 근황일 수도 있다. 시인은 자주 차를 마
신다. 차의 향기는 조용한 일상의 향기이면서 노년에 대
한 묘한 향수를 상징한다. 이철성에게 '노년'은 안정감 있
는 음미의 시간이다. 시인은 "참 맛있다"라고 끝을 맺음으
로써 일상을 긍정하는 것으로 대단원의 막을 내리고 싶어
하는 듯하지만 천만의 말씀, 속마음은 그게 아니다. 이 시
의 분위기를 지배하고 있는 건 실은 "방바닥"이라는 낱말
이다. 시인은 발이 닳도록 여행지를 누볐고 지금은 "방바
닥에 앉아" 있다. "한 모금,/두 모금," 돌아 나간다고 표
현한 그 차의 맛처럼, 일상은 자꾸자꾸 돌아 들어오고 나
가길 반복하는 와중에 진미가 배어 나온다. 방바닥. 한국
사람이면 방바닥과 신문이 얼마나 잘 어울리는지 안다. 여
행에서 돌아와서 방 한쪽에 쌓인 묵은 신문을 감상하듯 넘
긴다. 우리는 이 시간의 무거움, 따스함, 게다가 지루함에
익숙하다. 그것은 차라리 짐이다. 짐이라는 짐을 지고 신
문을 차곡차곡 정리하는 장면에서는 터질 듯한 긴장감이

느껴지기조차한다. "차 향기가/참 맛있다." 그 향기로 달래보지만, 사실 그 차를 어디서 구해왔을까. 이철성이 그토록 맛있어 하는 차는 여행지에서 사온 게 아닐까 싶다.

"참 맛있다."

결국 이 맛나는 차 향기는 시인의 예민한 미각이 여행지에서 맛보았던 그 시간의 향기다. 실제로 이철성의 시집에서 여행의 시간은 자주 '음식'의 이미지가 되어 우리 상상 속의 미각을 이국적인 향취로 자극한다.

> 타오르는 불
> 무슬림 요리사의 손이
> 땅짐승과 식물과 물짐승 들을 구워낸다.
> 가슴은 벌렁대고
> 배고픈 위장과 항문은 환하게 웃음.
> 〔……〕
> 나의 즐거운 입이 '엄마' 하고 외치니
> 소녀의 눈 속에 불이 확 타오른다.
>
> ──「불의 요리사」 부분

'차 향기'라는 시로 문인화처럼 근사하게 시집이 마무리되는 것 같아 보여도 그 속에는 방랑자의 근육을 지닌 시인의 마음이 불끈거리고 있다. 배고픔이 있다. 아. 떠나고 싶다. 사랑하는 집사람과 아이를 더 그리워하기 위해서라도 떠나야겠다. 집에 있으면 짜증만 늘어. 물론 이때 아내의 반응이 어떨지는 눈에 선하다.

"거짓말, 거짓말! ……몸 성히 잘 다녀와요."

강

이철성의 두번째 시집 『비파 소년이 사라진 거리』는 여행시들을 중심으로 꾸며져 있다. 여행시들 중에는 이철성 특유의 자연스럽고 쉬운 이미지들로 이루어진 시들이 많다. 이 시들을 읽는 법 하나를 제안하겠다. 그냥, 여행 사진을 들여다보듯 찬찬히 들여다보시라. 풍경의 물결이 아스라이 치고 나면 그 안에 '시인'이 있다. 그걸 발견해보자. 물 표면에는 시인의 얼굴이 비치고, 그 더 안에는 검은 돌이 있을 때도 있고 블랙홀을 닮은 구멍이 나타나기도 한다. 표면—풍경, 그리고 그 안, 더 그 안…… 그렇게 더 속에는 무엇이 있을까 자꾸자꾸 들어가보시길 권한다. 시인 자신이 그렇게 한 것처럼. 이철성은 스스로 "멋진 위구르 요리사"가 되어 그 겹구조의 여행시들을 요리해놓았다.

요리사는 멋지다.
불을 다스리니까.
식물과 동물
생명들을 다스리니까.

〔……〕

큰 불을 피우고

큰 연기를 피우고 난 후

많은 사람들의 혀가 분주히 움직일 때

화덕에 앉아

여유롭게 담배 한 대 피우고 있으니까.

— 「멋진 위구르 요리사」 부분

요리사가 재료들을 다루듯, 여행자는 풍경을 다룬다. 여행자의 눈은 불이다. 여행자의 눈은 밖에서 풍경을 들여다보면서 그 풍경을 다시 짠다. 그의 시선은 원래 풍경 속의 일상에 없던 이미지의 구조를 만들어낸다. 안도 아니고 밖도 아닌 여행자의 시선이 만들어내는 풍경, 그 그림을 그려놓고 발걸음을 옮기는 시인의 유유자적을 감상하는 것도 이 시집을 읽는 좋은 방법의 하나라 할 수 있다.

1부와 2부가 여행의 시편들이다. 그리고 3부는 주로 연애시들, 4부와 5부는 일상에 관한 시들이다. 이 배치가 리얼해서 재밌다. 1, 2부에 실린 시가 서른일곱 편, 나머지 시들이 마흔 편, 시의 양으로 따지면 여행시보다 나머지 시들이 조금 많다. 여행보다는 늘 일상이 '조금' 길다. 여행의 시간 속에서는 고향의 따스함을 그리워하고, 고향의 밋밋하고 지루한 시간은 다시 강렬하고 두렵고 새롭고 찬란한 여행의 시간을 꿈꾸도록 한다. 긴 일상의 끝에 여행이 있고 여행에서 돌아오면 다시 일상이 있다. 여행지의 이미지는 일상 속에서 반복된다. 그것은 마치 '거울' 속의 나와 그냥 나 사이의 관계처럼 같고도 다르다. 이중 자아, 분신, 거울, 호수, 비춰보다——반복과 반영의 이런 테마와 이미지와 동사들, 이것들은 이철성 시를 틀 짓는 중심 요소들이다.

> 눈 속엔 강이 있고
> 배가 있고
> 청명한 하늘이 있고
> 그리고 눈물이 있다.
> 눈을 감으면
> 눈물이 쏟아진다.　　　　　——「여행자」 부분

강은 바깥에도 있고 눈 속에도 있다. 청명한 하늘도 그 안에 있다. 그 하늘 안엔 눈물이 고여 있다. 풍경 보고 북받쳐서 시인이 우는구나. "눈을 감"아서 "눈물이 쏟아"지면 눈 속에 있는 강도 하늘도 세상으로 함께 흘러나와 강에 합류한다. 눈물 안에 담긴 강이여, 배여, 청명한 하늘이여. 시인은 같은 시의 16행에서 1행을 '두 번' 쓴다.

> 눈 속엔 강이 있고
> 힘찬 바람이 있고

고향으로 떠나는 배가 있다.   — 앞의 시

왜 두 번 쓰나. 앞의 강은 눈 속에 있는 강이고 뒤의 강
은 눈물 속에 있는 강이다. 이 묘한 관계를 시인은 직접
이렇게 밝히고 있다.

그대의 눈물이 강을 만들고
그대의 그리움이 배를 만들었으나
그대는 풍경 속에 애인을 잠재워놓았구나.

            — 앞의 시

애인? 어디에? 풍경 속에? 과거에? "고향으로 떠나는
배"라는 말을 쓴 것으로 봐서 고향에 있나? 하여튼, 이것
이 여행의 의미다. 강은 바깥에도 있고 어디에도 있고 내
안에도 있고 우리 집 앞 골목 바깥 신작로로 나가 고개를
넘으면 또 있지만, 그것이 있는 그대로라면 그냥 그렇게
있는 것일 뿐이다. 그렇게 있어서야 의미화되지 않는다.
고쳐 말하면, 적어도 '이철성 식으로' 의미화되지는 않는
다. 시인의 눈이라는 거울에 '비춰져야' 하고, 동시에 시
인이 그 눈물을 '쏟아야' 의미화된다. 시인은 자주 '눈'을
묘사한다.

눈

　　눈을 열면

　　눈을 열면

　　내 눈 앞의 너의 눈.

　　소박하지만 솔직한

　　그리 깊지도 않은 너의 눈.　　　　——「너의 눈」 부분

　　눈을 감고 말을 하면

　　그 말은 마음에서 진실하게 흘러나오는 말

　　검은 눈 끝에 매달린 눈물처럼

　　마음이 주르르 흘러내린다.　　　——「눈은……」 부분

　　그대 눈동자 속 환한 꽃은

　　눈을 깜빡이자 꽃잎을 떨궈요

　　꽃잎을 떨구며 고개 숙인 그대

　　그대 앉아 있는 식탁 위에

　　꽃밭을 만들었네.　　　　　　　——「꽃잎」 부분

　눈에서 흘러나오는 눈물이 마음임을 시인은 밝히고 있다.
그렇다면 결국 그 '강'이 시인의 마음이다. 여행자의 시선
을 통해 이와 같은 시적인 3단 점프가 가능해진 것이다.

　강 ⇒ 눈물 ⇒ 마음

　눈물을 꽃잎에 은유한 아름다운 시「꽃잎」을 보면 시인

은 눈물을 기다리는지도 모른다. 그렇구나. 눈물 속에서 흘러내리는 강은 마음의 강, 또는 강의 마음이구나. 마음이다. 이철성의 마음이 담긴 눈물 속의 강의 마음. 여행이 그렇게 눈물 속에 강과 마음을 다 담아준다. 아니면 강은 살아나지 않는다. 강을 두 번 쓴 이유는 그것이다. 강이 '둘'이 되어야만, 비로소 강은 강으로, 강이라는 일상어가 아니라, '강'이라는 시어로 다시 태어난다. 강이라는 시어는 글자들로 이루어진 '강'이 아니라 존재인 강, 날것 그대로의 강이다.

호수 – 거울 – 얼굴

그렇다면 그냥 강과 존재인 강, 그 둘은 구별되나? 일단은 서로가 서로를 비춰주는 역할을 하는 것 같아 보이는데, 그 둘이 어떤 관계를 맺는지를 보는 게 이 시집을 읽는 즐거움 중의 하나다. 첫번째 시집에서는 자주 '거울'이 묘사됐었다.

난 느낄 수 있다. 아니, 느낄 수 없다. 난 놈의 시선을 의식하지 못한다. 왼손이 오른손을 의식하지 못하듯. 발등이 발바닥을 의식하지 못하듯. 놈은 완강하고 나는 서툴다.
──「거울 1 — 느낌」 부분(『식탁 위의 얼굴들』, 문학과지성사, 1998)

이번 시집에서는, 그 변용으로서 호수와 물 표면이 자

주 등장한다. 거울과 호수는 같은 것이다. 하나는 방 안에
있고 다른 하나는 바깥에 있다. 거울은 방 안에 있는 반사
체, 호수는 여행자들의 거울.

> 호수 물을 가만히 들여다보니
> 물속의 얼굴은 나의 얼굴
> 오랜 여행에 검게 그을린 나의 얼굴
> 피곤과 외로움 속에서
> 더욱 분명해진 나의 얼굴
> [……]
> 얼굴은 기우뚱 나였다가
> 내가 아니었다가
> 물 밑에 일렁이는 낯선 여자였다가
> [……]
> 이내 얼굴은 온데간데없고
> 일렁이는
> 일렁이는
> 깊은 물속의 돌   ──「물속의 돌」 부분

　여행은 물속의 얼굴을 더욱 '분명'하게 만든다. 풍경에
풍경이 겹쳐지면서 후경으로 밀려나듯, 호수 속에서는 얼
굴에 얼굴이 겹쳐진다. 얼굴은 물속에서 일렁이다가, 결
국은 물속의 검은 돌이 된다. 이 검은 돌은 나중에는 '구

명'의 이미지로 변신할 것이다.

호수도 풍경의 하나. 여행자에게 풍경은 거울이다. 시인은 자꾸자꾸 자기 자신을 비춰본다. 여행은 어쩌면 거울 놀이다. 그렇다면 평소에 비춰지지 않던 나를 비추는 여행 속의 나는 나와 다른가? 나는 둘인가?

둘

어느 날 갑자기 난 둘이 되어 있었다. 난 놀란 눈을 하고 날 보고 있었다. 난 놀란 나를 때려죽이고 싶었다. 놀란 나는 나에게서 도망치고 싶어 했다. 〔……〕 손이 손을 맞잡고, 입술이 입술에 포개지고, 성기가 성기에 삽입되어 있었다. 그리고 난 죽고 싶었다.　　　　　──「사랑」 부분

이 대목이 매우 중요하기 때문에 조심해서 설명해야 할 텐데, 해보자. 이철성의 이 대목을 제대로 음미하기 위해 말이 안 되는 하나의 문장을 고안해본다.

둘이 된 내가 싫어서 둘이 된다.

딱 이렇게만 말해두자. 둘 중의 하나를 때려죽이기 위해 여행을 떠난다. 이철성은 '때려죽인다'는 표현을 쓸 권리와 힘과 뼈와 살이 있는 시인이다. 그럼 이렇게 말할 수도 있는 걸까. 그냥 글자인 강을 때려죽이고 존재인 강으

로 건너가기 위해 여행자가 된다.

그것이 여행의 참 의미라면 의미다. 나 역시 아프리카 여행 중에 그런 느낌을 가진 적이 있다. 어느 글에선가 "자신의 몸 깊은 숲으로 들어가는 일이, 낯선 땅 먼 길로 내딛는 발걸음을 통해 완성된다"고 썼던 게 기억난다. 이철성의 여행시에도 적용 가능한 문장이 아닐까 싶다.

궁금증 하나만 더 풀고 떠날까. 둘 중의 하나는 진짜고 하나는 가짜인가? 나중에는 아니지만, 지금은 일단 그렇다. 나중에 시인은 그 둘을 잇는 가교를 발견할 것이다. 이철성의 표현에 의하면 하나는 그냥 글자고 다른 하나는 존재다. 첫번째 시집에 그 단서가 있다.

　　책을 펼치면
　　글자들이 말한다.
　　[……]
　　감히 글자들이.　　──「커피포트와 스푼」 부분(앞의 책)

글자들은 존재의 반대편이 있다. 그는 연필과 책상과 글자 들을 떠나 몸의 세계로 간다. 고향을 떠나 먼 침묵의 나라들로. 그는 글자들을, 텍스트를 신뢰하지 않는다. 감히 글자들이 역사를 말하다니. 첫번째 시집 『식탁 위의 얼굴들』은 '나는 지금 어디에 있나?'라는 질문에 초현실적으로 대답하는 시편들이었다. 그러나 시인은 그 질문에 "난 그곳에 없다"고 대답한다. 나의 있음은 순간순간 장소를 옮겨 다니며 대답을 얻으려는 나를 배반한다. 그 배반을 추적하고 찾아다니는, 헤매는, 유랑의 시들이 첫 시집에 담겼다. 때는 1990년대. "분노는 식어 가시가 되고 가시는 부러져/재떨이에 떨어진다."(이상 「커피포트와 스푼」) 사람들은 물건들로 대체된다. 커피포트와 스푼들에게 존재의 본질을 빼앗긴 순수한 영혼은 연필을 들고 종이와 씨름한다.

그러니까 떠나야 한다. 스푼들의 세계, 글자들의 세계 속의 나를 '죽여야' 한다. 왜? 사랑하니까. 알고 보니 사랑 때문이다. 사랑은 자주, 그에게 죽음이다. 누구나 그렇지만 연애하다 보면 왠지 죽고 싶다. 보들레르는 그것을 '숭고'의 매춘적인 성격으로 정리한 바 있다. 숭고는 매춘이다. 왜? 갖다 바치니까. 그러나 존재를 얻으려 사랑해,라고 쓰는 순간, 그 발설은 글자들이 되고 만다. 그렇다면 사랑은 비춰지지 않는다. 그리 쉽게 글자의 세계로 넘어와주지 않는 낭자함, 뚝뚝 피 흘리는 날고기다. 사랑은 내가 비춰지지 않는 깊은 호수의 밑바닥에 존재한다. 그게 '검은 돌'이다. 사랑이 그를 그렇게 만들었다. '어느 날 갑자기…… (그는) ……사랑에 빠'(「사랑」)진 것이다. 사랑하고 싶어 죽겠어서 사랑을 했더니 죽고 싶다.

소리 소문 없이 그것은 왔다.

사람들은 그것을 사랑이라 불렀다.

깊은 곳에 웅크린 외로움

외로움이 독을 마신다.

그리고 의식을 잃는다.

가난한 흰 들판에 뚝, 뚝, 저녁 핏물이 든다.

　　　　　　　　　　　—「소리 소문 없이 그것은 왔다」 부분

구멍

바닥의 중심엔 쑥 들어간 깊고도 어두운 구멍이 하나 있다. 모든 것은 그리로 빨려 들어간 것이다. 가을 오후의 무심한 햇살마저도.　　　　　—「물속의 깊은 구멍」 부분

뚝, 뚝, 핏물 든 저녁이 지나면 밤이 온다. 밤은 바다이다. 그리고 어둠이다. 모든 것을 빨아들인다. 이 블랙홀, '구멍'은 '정신'으로도 표현된다.

내 발등은 뿌리처럼 툭툭 불거져 오르고,

몸통은 하늘을 향해 뒤틀려 오르고,

나는 순간 하늘 가득 흩어지며

나무의 정신 속으로 들어간다.

　　　　　　　　　　　　　—「나무의 정신」 부분

이런 패턴이다. 겉모습에서 속으로, 더 안으로, 정신으

로. 그러나 그 정신은 그저 육신이 떠난 관념일까. 아니
다. 구멍 속, 아득히 깊은 그 속에는 무엇이 있을까. 예루
살렘에서 이철성은 해답을 얻는다.

숨

> 태초에 신은 입김을 불어
> 사람의 숨을 만드셨다.
> 그러므로 사람은 숨을 들이쉬고 내쉴 때마다
> 어떤 신성을 느낀다.
> 늙은 어머니의 입 냄새를 맡을 때
> 마음이 아프고 뭉클한 것은 그 때문.
>
> ——「예루살렘, 2002년, 4월」 부분

깊은 구멍 속, 이철성에게 그 속에 있는 것은 '없음'이
아니다. 만일 그것이 '없음'이라고 했으면 이철성은 보다
불교적인 사유의 세계로 넘어갔을 것이다. 또한 그 깊은
구멍 속에 생각, 이른바 이데아가 있는 것도 아니다. 그것
들은 이미 '글자들'로 취급되면서 버려졌다. 대신 그 깊은
구멍 속에는 무엇이 있을까.

거기에는 '숨'이 있다. 예루살렘 "거리에 쓰러진 한 소
녀"의 죽음, "그 숨이 떠나버린 차가운 나무 덩이"(「예루
살렘, 2002년, 4월」)가 된 18세의 팔레스타인 자살 테러
소녀의 주검에서 시인은 '숨'을 발견한다. 이 대목을 통해

우리는, 궁극적으로, 이철성이 의미 있는 날것들 속에서 붙든 것이 무엇인지 짐작하게 된다.

앞으로 돌아가서 중요한 질문 하나를 다시 하자. 글자 '강'과 존재 '강,' 둘 중의 하나는 진짜고 하나는 가짜인가? 자, 그는 결국 그 둘의 구분을 허물 중요한 단서 하나를 예루살렘에서 발견한다. 그것은 '숨'이다. '숨' 때문에 전적인 구분은 무의미해진다. '숨'을 통해 그 둘이 통하기 때문이다.

숨. 구멍 속의 숨. 숨 속에 섞인 냄새 속에 들어 있는 신성. 확실히 이철성은 날것들의 신비로운 세계를 믿는다. 날것들의 세계의 핵심이 '숨'이다. 우리가 '몸'이라고 말할 때의 꿈틀거림, '마음'이라고 말할 때의 자욱함과 뭉클함이 언어화되기 이전의 찰라, 근본적으로 비언어의 세계인 그곳에서의 존재들의 육체, 그것이 '숨'이다. 구멍 속에 숨이 있다. 숨의 근원에서 안개는 태어난다.

안개는 깊은 산속 호수에서 만들어져
숲과 나무의 이파리 끝과 짐승들의 잠을 적시다
여기 산장 가로등 밑을 지나고 있는 것이다.
그러므로 안개는
깊은 산속 호수의 밤 외출.

　　　　　　　　　　—「한밤에 일어나 창을 열다」 부분

거대한 시간

자. 이제 이철성 시의 본질에 관한 정의로 들어간다. 옳다구나! 뭉게뭉게, 그 안개가 바로 시다. 시는 숨결의 발현, 바로 그 안개의 외출이다. 그 짧은 과정, 숨이 후각에 닿는, 몸이 말이 되는, 근육이 뉴런을 통해 명령을 받고 후두둑거리는 단 몇 밀리세컨드의 느낌을 다뤄야 하는 것이 예술이다. 언어 역시 그 순간의 신비를 붙들어낼 때만 뜻깊다. 여행 끝에 발견한 이 '시의 세계'는 그의 출발 지점이기도 했다. 숨결이 뭉텅이로 육화한 안개 속에서 시인은 이제 '거대한 시간'을 느낀다. 이때 안개─시는 나무─시로 다시 변용된다.

나무는 움직이지 않는다.

그러나 나무는

시간 속에서 움직인다.

이 나무는 천 년 동안 움직였다.

[……]

나는 나무의 뿌리를 베고 누워

시간을 생각해본다.

시간은 저기 수없이 반짝이는 이파리 같고

뿌리의 굵직하고 툭툭한 침묵 같고

[……]

잃어버린 현재

146

아득히 떨어지는 잠　　　　──「나무의 시간」 부분

　이스라엘의 갈리리 호수에서, 시인은 그 거대한 시간의 나무와 만난다. 나무 밑에서 마치 성경에 나오는 등장인물처럼 잠에 빠진다. 여행자는 그렇게 천 년의 꿈속으로 곯아떨어진다. 시인은 바로 거대한 시간을 꿈꾸고 있구나. 지금은 꿈에서 깨어났지만 이 시들을 쓸 당시에는 그 시간을 꿈꾸고 있었구나. 역사를 넘는 시간, 역사를 넘는 역사, 이철성은 그것과 통하고 싶어 하고, 그것이 바로 시를 쓰는 목표, 시인의 사명이다. 구멍─깊은 잠─숨─안개, 그것들은 '시'라는 낱말이 존재의 끝에서 둔갑하여 입은 옷들이다. 그 옷은 모든 의미를 감추고 또 감싸고 있다. 그 옷을 입는 순간, 시를 쓰는 순간, 그것은 모든 의미를 빨아들이는 살아 있는 순간이다.

지친 시에서 시의 향기로

　일찍이 그는 시인이 되었고 숨 쉬듯 시를 자연스럽게 호흡해냈으나 그 시는 안개가 되어 세상을 떠돈다. 그는 시를 등한시하기도 했다. 최소한 내 눈에는 그렇게 보였다. 멀리 유학을 떠나기도 했다. 그때 배운 것은 몸을 체계화하여 전시하는 방법이다. 시는 스스럼없이 나왔고 그의 퍼포밍은 체계화된 몸으로부터 나왔다. 그는 한때 시에 지쳐 글자들의 세계를 떠나 몸의 세계로 여행을 떠난 적이 있다.

> 지친 몸
> 지친 마음
> 지친 시
> 펜이 끌어다 놓은 글자들이
> 머리칼 같고
> 지문 같고
> 줄 맞춰 널어놓은 빨래 같다.
>
> ──「지친 시 1」 전문

여행지에서도 그는 지친 시를 만난다. "비파 소년이 사라진 거리"는 지친 시의 거리다.

> 음악이 사라진 거리
> 사람들은 바람에 날리는 빈 봉지처럼 서 있다.
>
> ──「비파 소년이 사라진 거리」 부분

그렇게 지친 시를 놔두고 떠난 그가 여행 중에 '숨'의 세계를 발견하고 깊은 구멍에서 다시 시를 건져 올린 것이다. 그리스 메테오라에서 쓴 시, 「시의 향기」는 시인과 시의 감동적인 상봉을 보여준다. 그의 여정은 건강한 옛 친구 같은 시를 다시 만나는 과정이기도 하다.

시는 그림을 닮아
낮은 집들과
아름다운 문양의 창틀과
붉은 기와들을 그린다.

시는 음악을 닮아
마당을 뛰어가는 아이의 짧은 고함과
그 붉은 볼과
너른 들판서 불어오는 바람 소리와
떨어지는 사과의 시큼한 순간을
적는다.

[······]

시는 가난한 연필이 훑고 지나간
작은 일기장 위에 있다.
일기장을 덮으면
시는 마개로 닫힌 과일향이 된다.
시는 내일 아침 아내가 몰래 열어보기 전까지
배낭 깊은 곳에 놓여진 때 묻은 작은 일기장이다.

                                    —「시의 향기」 부분

한국적 낭만주의의 발견

이 아름다운 시는 그의 여행이 '치유'의 그것이기도 하다는 걸 알려준다. 피폐하고 '지친' 시를 일으켜 세워 '향기로운' 시로 고쳐내는 일. 이렇게 순진하게 다가가는, 시가 좋아 돌아오는, 또다시 시작하는, 첫 시집의 무대였던 신림동 '하숙집'에서처럼 어렵게 아침을 맞으며 힘들게 버스를 타거나 사막으로 걸어 들어가는 이 시인의 시들을 낭만주의 시라고 보면 어떨까. 자유롭고 외로운 영혼, 방랑의 테마와 떼려야 뗄 수 없는 바이런이나 키츠, 네르발의 주변에 이철성의 시를 놓을 수 있지 않을까. 사실 한국에는 낭만주의가 없었다. 있을 새가 없었다. 괴로움이나 희망이 너무 컸다. 나는 이철성의 발걸음에서 슈베르트를 듣는다. 잠시 슈베르트의 멜로디에 젖어볼까.

이것이 진정 나의 길인가?
시냇물아, 말해주렴, 날 어디로 데려가나?
너의 속삭임이
내 감각을 어지럽히는구나.

내가 왜 속삭임을 말하는 걸까?
확실히 이것은 속삭임이 아닌데.
저 깊은 곳에서 노래하는
물의 요정이 틀림없다.

친구여, 놔두자, 속삭이고 노래하도록

그리고 방랑은 계속된다.

맑은 시냇물마다

물레방아는 돌고 도네.

　　—— 슈베르트 연가곡집 '아름다운 물방앗간 아가씨Die Schöne

Mülerin'의 제2곡 「어디로Wohin?」 부분

　형식과 사회와 의무와 시에 칭칭 감긴 정신들, 그것들을 훌훌 털고 떠나는 낭만주의자. 이철성 시의 한국 시단에서의 의의는 그 대목이 아닐까 싶다. 이런 낭만주의는 한국에서는 예외적이다. 물론 이철성은 낭만적이지 않다. 그러나 본래 낭만주의자는 한 번도 낭만적인 적이 없었다. 그는 늘 비관하고 아름다움에 순종한다.

노년, 다시 근황

　그의 손길에 닳고 닳아, 가방에 스치고 또 스쳐, 바람과 닿고 때로는 음식물이 튀겨 해진 노트를 생각한다. 여행자의 노트. "버스는 정처 없이 기다리고/난 점점 배고프다"(「배고픈 버스」)라고 투덜대는 그를, 그 와중에도 빨리 적고 떠나야 하는 그를 떠올린다. 배고픈 버스를 타고 가야만 하는 그를. 그는 배고픈 버스 안에서도 노트를 꺼내 시를 적고 다시 노트를 집어넣었을 것이다. "바람에 쓰고/바람에 지"(「책 없는 여행」)운 그 언어들이 해진 노트에 적혀 있었고, 그 글자들은 다시 여기 이렇게 활자가 되어 모여 있다. 시들이 활자가 되어 모여 있는 이곳은 책의 세계, 일상의 세계다. 여행지의 해진 노트가 날것, 청춘, 바람이라면 시집은 지어진 집, 노년, 다시 차 향기의 세계다. 여행에서 돌아온 그는 노년의 시간을 맞는다. 그렇게 다시, 차 향기를 느낀다.

> 젊은 시절 수많은 여행의 글들을
> 노년의 내가 읽을 테지.
> 그리 시간이 많을 테지.
> 차를 음미하듯
> 찻잎이 입안을 돌아다니듯
> 그리 천천히
> 그리 세세한 맛까지 탐하려 애쓰며
> 그리고 몸 안에 퍼지는 젊음을 느끼며
> 행복해할 테지.
> [……]
> 늙은 나무들이 푸른 땅을 내려다보고 있는
> 노년의 정원
>
> ——「노년의 정원」 부분